청소년 시선
005

나는 산책 중에도 길을 잃어요

이효영

시인의 말

나는 우산도 없이 비를 맞고
아니, 우산이 있어도 비를 맞고

2024년 6월
이효영

차례

1부 쉬운 문제에 오답 단순한 계산에 오류

2부 우린 끝내 던전을 나와야 하지

3부 다 같이라는 말

4부 그러니까 전부 내 탓은 아니었다고

1부

쉬운 문제에 오답 단순한 계산에 오류

집중력장애 테스트

"검사는 10분간 진행됩니다. 지금부터 무작위로 숫자를 불러 드리니, 그중 3이 들릴 때만 아래의 버튼을 눌러 주세요."

9

7

3

5

3

8

2

1

3

4

7

쉬운 문제에 오답

단순한 계산에 오류

잘못된 프로그램이야

숫자 몇 개도

넘지 못하는

나

제가요?

너 왜 집중 안 해?

(제가요?)

내 얘기 안 들어?

(제가요?)

가만있지를 못 해?

(제가요?)

사람 말 무시하니?

(제가요?)

일을 엉터리로 하네?

(제가요?)

어제도 그랬지?

(제가요?)

맨날 그러지?

(제가요?)

고칠 생각이 없지?

(제가요?)

일부러 그러는 거야, 안 그래?

(제가요?)

너 나쁜 애구나?

(제가요?)

백구보다 못한 산책

이해하지 못하겠죠?
나는 산책 중에도 길을 잃어요

걸을 때는 나
너무 생각이 많거나
생각이 없어요

몇 발짝도 안 돼
낯선 길
생소한 길
모르는 길

산책 중에
집으로 돌아가는 길을 수시로 까먹어요

제 친구들은 이해 못 해요
그런 나를 보며 친구들은
백구를 빗대 놀려요

제집 찾아 대전에서 진도까지 달려왔다는
강아지 백구 이야기를 아시나요?
그거 실화래요

친구들은 내가
백구보다 못하다며 웃어요

당연하죠, 인정이에요
백구는 나보다 뛰어나죠
백구는 방향을 알고
백구는 후각도 청각도
집중력도 뛰어나죠
훌륭한 동물 빼어난 동물

300킬로는 떨어진 곳에서
집을 찾아왔다잖아요

나는 집 앞만 벗어나도
동서남북을 잃어버리는데

책을 펼치면

국어책을 펼치면
들리는 노랫소리, 머나먼 스와니강이 그리워라

수학책을 펼치면
위화도에서 회군을 명령하는 이성계

영어책을 펼치면
칼카나마알아철니주납수구수은백금……

과학책을 펼치면
자기가 죽거든 자기 입던 옷을 꼭 그대루 입혀서 묻어 달
라구

음악책을 펼치면
전날 넘지 못한 뜀틀이 내 눈앞에 다시 들어차고

국사책을 펼치면
대체 여기는 어디이고 지금은 언제인지

책을 펼치면
책 속은 아직 닿기 전이거나 이미 멀어진 풍경

기적

체육 시간 청소년 체조를 배웠어
선생님을 따라 열 가지 동작
양손을 뻗고 손뼉 치고
폴짝 뛰기도 하고
왠지 웃음이 나왔는데

수업이 끝날 때쯤
선생님이 나를 앞으로 불렀어
"이 아이를 봐라.
얘가 제일 잘한다.
모두 보고 배워라."

이후 아이들은 나를 찾아왔어
몇 주 동안 나를 흉내 냈어
왠지 웃음이 나왔는데
모두 수행평가를 망쳤어

왜냐면 나도 내가 어떻게 하는지 몰랐거든
칭찬받았던 그 첫날의 동작을 나는

다음 날 바로 잊어버렸거든
왼손 오른손 왼발 오른발
뒤섞이고 흐느적대고

그런 나를 따라 하니 모두 망했지
우스꽝스러운 동작이 전파됐지
미안해 얘들아
정말 나도 모를
단 한 번의 기적이었던 거야

T야 싸패야

애들이 깔깔거릴 때도
애들이 훌쩍거릴 때도
나는 멀뚱멀뚱

"너 T야?"

아니야
그래서가 아냐
난 시간이 필요한 거야
네가 뭐라 했는지
내가 뭐라 대답할지
꽤 오래 고민해야 해

"너 싸패야?"

방정식을 풀듯
차근차근
단지 그래서야
감정이 없는 게 아니라고

감정을 나누는 데
조금 더
시간이 걸릴 뿐이야
나는 너희보다
조금 더
생각이 필요해

쟤가 걔

쟤가 걔 아냐? 어제 우리랑 농구했던 애?
걔는 명훈이고

쟤가 걔 아냐? 저번에 함께 PC방 갔던 애?
걔는 동찬이고

쟤가 걔 아냐? 작년에 전학 왔던 애?
걔는 찬우고

쟤와 걔를 구별 못 해
모두 같은 교복을 입었잖아

하지만 교복 차림 아니면 사실
같은 반 친구도 못 알아보는 내 눈썰미

쟤는 영호고 걔는 정우야

그나마 다행인 것은
쟤도 걔도

그리고 나도
얼굴을 잊어도 기억할
이름이 있다는 것

칼

어디든 있지
칼날이 숨어 있어

청소하다 베이고
설거지하다 베이고
그림 그리다 베이고
쓰레기 버리다 베이고

플라스틱에 베이고
종이 박스에 베이고
옷핀에 베이고
볼펜에 베이고
내 손톱에 내 손등을 베이고

뭔지도 모를 거에 베이고
피를 보고서야 베인 줄 알고

내 몸엔 사라지지 않는 상처투성이
세상에 왜 이리 칼이 많은지

뭐 이리 죄다 날카로운지

그런데 주변 사람들은 되레
내가 칠칠맞아 그렇대

억울해
사람들은 모르는 칼
사람들이 모르고 내미는 칼
세상은 나한테만 날을 세우나 봐

소나기

학교 가던 도중 비가 내려서야
어젯밤 엄마가 챙기라던 우산을 떠올렸어
소나기 예보 있다고 신신당부했었는데
나도 알았다고 알아들었다고
짜증 내며 대답했었는데

아침엔 전부 잊어버렸어
난 왜 매번 이럴까, 그냥 비를 맞으며 걸어갔지
후줄근해진 꼴로 학교에 도착하니 황당하게도
언제 그랬냐는 듯 뚝 그쳐 버린 비

그보다 더 황당한 것은
물이 뚝뚝 떨어지는 가방을 여니
그 속에 우산

내가 이걸 언제 챙겼던 걸까?
어젯밤? 오늘 아침?
어제인 것도 같고 오늘인 것도 같고
둘 다 아닌 것 같아

갑자기 나타나고 갑자기 사라지는,
왜 거기 있는지 또 왜 거기 없는지
앞뒤 없이 마냥 아득한 일들
소나기처럼
아무 때고 들이닥치니

나는 우산도 없이 비를 맞고
아니, 우산이 있어도 비를 맞고

나에게 하는 말

엄마가 아침마다 밥 먹다 버릇처럼
중얼중얼

선생님이 수업하다 왜 저러실까 갑자기
웅얼웅얼

교장 선생님의 훈화 말씀 시작하자마자
쏼라쏼라

친구 여럿이서 떠들다가 어느새 나만 빼고
블라블라

당신들 왜 늘 이상한 말 내가 모를 외국말로
뭐라뭐라

"야 너 또 멍때렸지?"
"내 말 듣고 있어?"
"자꾸 딴생각할래?"
"여길 보라고!"

아니, 그게 다 나한테 한 말이었어?

자음

입 속에 자음만 남아
귀 기울여 들은 말들
열심히 읽었던 문장들
ㄱ ㄴ ㄷ ㄹ ㅁ ㅂ ㅅ……

친구에게 빌려준 책 제목도
학원 선생님 이름도
할머니네 동네 주소도
어제 들었던 노래 가사도
밤새 암기한 단어들도
그냥 자음만 남아
ㅇ ㅈ ㅊ ㅋ ㅌ ㅍ ㅎ……

잡은 손을 놓친 아이처럼
우두커니 서서 나
우물우물 자음을 곱씹어도
사라진 모음은 보이지 않아

슬픈 멘탈

나는 나에게서
벗어나고 싶어
뛰었는데

달리고 달렸는데
나에게서 멀어졌는데
항상 나를 다시 잡는 것
나의 신체보다 빠른 나의 멘탈

아무리 달려도 한발 앞서 가는 것
아무리 달려도 먼저 골에서 기다리는 것

벗어나려 해도 벗어날 수 없는
결국 나에게 오는 결국 내 것인
멘탈

나의
슬픈 멘탈

보물찾기

컵이 다 사라졌대
근데 내 방에 있을 거래

정말 그런가?
아 그럴지도

첫 번째 컵에 물을 떠 오고 잊었다

두 번째 컵
세 번째 컵
잊어 먹고 다시 또 물 떠 오고
네 번째도
다섯 번째도

내가 숨겼나
보물도 아닌데

처음 모습은
이미 사라져 버린 나의 방

가득 쌓인 책과 벗은 옷 온갖 잡동사니
엄마마저 포기한 방

내가 해야 한다
그거 어려운 일이지만
생각보다 더 어려운 일이지만

마치 보물찾기 하듯
거창하게 나서 보자

일단 일어나서
치울 건 치우고
줄 건 주고

그놈의 컵을 찾아서
물이나 한잔 마시자

실내화

어린 시절 실내화 한 짝을 잃어버리고 온 적이 있다
실내화 주머니 속 한 짝만 남은 신발을 보며
엄마는 황당해 물었었다

"언제 흘렸는지 생각 안 나? 오다가 어디 넘어진 거 아냐?"

모르겠어 사실……
교문을 뛰쳐나오며 한 번
떡볶이집 괜히 기웃거리다 한 번
길거리 달콤한 뽑기 냄새에 한 번
문방구 앞에서 딱지 치는 애들 들여다보다 한 번
깜빡이는 신호등에 횡단보도 냅다 뛰어 건너다 한 번
아파트단지 입구의 귀신나무 매번 소름 끼쳐
후다닥 지나가다 한 번
여기저기서 한 번
또 한 번

그렇게 여러 번
나는 참 잘 넘어지는 아이였으니

콘서타*

의사 선생님이 나와 엄마를 안심시켰어

"걱정 마세요. ADHD는 치료 만족도가 가장 높은 병이
에요. 빠르게 좋아지는 게 눈에 보일 거예요."

그래 나는 이제 더 나아질 거야
집중도 잘하고 길도 잃지 않고
부딪히거나 긁히지 않고
다른 사람과도 쉽게 대화하고
성적도 쭉쭉 오를 것이다
자신감이 넘치겠지

지금까지의 나는 없어 다 버릴 거야
지금까지의 나는 최악이었어

최악이었어야만 해
앞으로 더 나아질 거니까
앞으로 나아질 일만 남았으니까

그러니까 지금이
바닥이기를

내일부터 높이
높이

부디

* 주의력결핍과잉행동장애(ADHD) 치료 약물

2부

우린 끝내 던전을 나와야 하지

조용한 중2병

나도 중2병은 있지 뜨거운 피가 흐르지
세상을 증오하고 어른을 미워하고
친구들을 비웃고 학교를 무시하지

속으론 그래 다만 용기가 없어
중2병을 발산할 용기

대신 낙서를 한다 학교에서 낙서만 한다
'국사'를 '죽자'로 바꾸고
삽화 속 인물에 피 칠갑을 하고
틈새마다 가운뎃손가락과 영어 욕을 쓰지

흑염룡을 깨울 자신도
검은 숨결 뿜어낼 자신도
없는 나니까
교과서를 새까맣게 칠하며
내성적으로 몰래
조용한 중2병을 앓는 중

그냥

힘들었어요

학교가
힘들었어요

책상에 앉아 있는 게
힘들었어요

친구들과 만나 즐거워도
힘들었어요

선생님들 다 좋은 분들이라도
힘들었어요

맛있는 급식 배부르게 먹어도
힘들었어요

공을 차고 던지고 신나게 놀아도
힘들었어요

아침 일찍 들어가 해가 져야 나오는 그곳
힘들었어요

누가 뭐라 하지 않아도
힘들었어요

누가 뭐라 해도
힘들었어요

학교라는 자체가 나는
힘들었어요

게임을 위한 변명

게임이 없었다면 나는 어땠을까
그래 조금이나마 더 공부해서
좋은 대학에 갔을지도 몰라

그렇지만 지금의 나는 없겠지
그때의 나는 못 견뎠겠지

외로울 때
게임이 친구였고 선생이었어
게임이 학교였고 어른이었어

내게 웃어 준 것
나를 위해 울어 준 것
오직 게임이었어

사람들이 현실에서 찾으란 것들 내 현실에는 없었어
게임으로 잃게 되리란 것들 오히려 게임에만 있었어

결코 게임이 만능이란 게 아냐

다만 나에겐 그리고 누군가에겐
게임만 있었다는 거

게임보다 못한 현실이거나
게임만이 현실이었다는 거

던전

던전엔 모든 게 있지

던전엔 보물이 있고 몬스터가 있지
던전엔 동료가 있고 전투가 있지
던전엔 희망이 있고 패배가 있지
던전엔 사랑이 있고 배반이 있지
던전엔 용기가 있고 죽음이 있지
던전엔 밥도 있고 독도 있지

하지만 던전에서 생활할 순 없지
흥하든 망하든 죽든 살든
우린 끝내 던전을 나와야 하지

그래서 나는 던전에 가고
그래서 나는 던전이 좋다

던전엔 모든 게 있지만
다행히 삶은 없다

연습장 만화

네가 그리는 그 축구 만화 그거 진도 좀 빨리 뺄 수 없어 아니 주인공이 언제까지 지역에서 놀 거야 전국 대회는 안 나가? 그럼 브라질로 이민 가 버린 그 왼발잡이 라이벌은 어 떻게 되는데? 국가 대표 되고 세계 대회라도 가야 브라질이 든 라이벌이든 만날 거 아냐 제발 빨리 좀 그리라고 요즘 독 자들 좀만 늘어지면 도중에 다 하차하는 거 몰라? 맞아 맞 아 사실 내가 궁금해서 그래 이러다 네 만화 끝나기 전에 졸업해 버릴까 봐 그래 라이벌하고 붙는 거 너무 보고 싶다 고! 우리 학교 있는 동안 그 안에 다 그려야 돼 꼭 그래야 해 알았지?

기다려 주는 만화

만화의 세계

만들어진 세계
상상의 세계

복잡하지 않고
복잡한 것도 복잡하지 않게 해 주는

이미지의 세계

날 초대하지 않아도
뻔뻔히 들어가 보는 세계

많이 가고
마음대로 가고

잠시 펼쳐 놓고
이 생각 저 생각
이 짓 저 짓 딴짓

그러다 다시 돌아와도
여전히 그 자리에
환히 눈 뜨고 있던
나를 기다리고 있던

작은 칸에 담긴
깊고 깊은 세계

냄새

그곳에 들어서면 한꺼번에 풍겨 오던 종이 냄새
이름도 거창한 만화 백화점
사실은 대여점을 상대하는 만화 도매점

그래도 책방 사장이든 누구든
공평하게 할인 그것도 무려 40퍼센트!
3000원 책이 단돈 1800원!

한 끼 식사 값이면 한두 권은 뚝딱이지
점심 저녁 굶어 가며 만화책 사 모았지

전부 새 책인데 이상하게 낡고 오래된 냄새
아마도 그건 도매의 냄새 갓성비의 냄새

책을 쥐고 돌아와
두근두근 투명 포장지를 뜯으면
그때까지 나던 싸고 맛있는 냄새
내 방까지 따라온 유일한 친구의 냄새

레벨 오르는 소리

살면서 들은 것 중 가장 좋은 소리
가장 좋아하는 소리
레벨 오르는 소리

게임마다 그 소리 제각각이라도
뭐든 다 한결같이 좋은 소리

하면 할수록 반복하면 할수록
결과가 떨어지는 것 바로 레벨 노가다

노력하면 노력한 대로
돌려주는 들려주는
배신 없는 소리
내가 성장하는 소리
레벨 오르는 소리

들어 봐 확인해 봐
심장이 뛰고 있어

일상툰

주말을 기다리는 거
누구나 그렇겠지만
내겐 이유 하나 더 있어

금요일에서 토요일
밤 12시 땡 되면
업로드 알림이 오는
나의 최애 웹툰

그것은 일상툰이야
말 그대로 일상이
반복되는 만화

평범한 주인공이
먹고 자고
웃고 울고

사람을 만나고 헤어지는 만화
평범한 하루가 반복되는 만화

나는 반복이 좋고
나는 반복이 신기해
하루하루 지나가는 것
무사히 지나가는 것

우리
지난 한 주도 잘 버텼어

그렇지?

지나간 날들
단 하루도 놀라워
마치 일상툰
주인공처럼

나의 하루가 내겐
대단한 이야깃거리

터치

핸드폰을 들고

만졌어 하늘
만졌어 나무
만졌어 담벼락
만졌어 새
만졌어 개미 떼
만졌어 친구
만졌어 엄마, 아빠
만졌어 길쭉한 빌딩
만졌어 산꼭대기
만졌어 나의 얼굴
만졌어 너의 얼굴

내가 다 만진 거야
내가 다 남긴 거야

DSLR

처음으로 선물 받은 카메라
세상에! 왜 이렇게 무거워!

거울 때문이야
카메라 안에 거울이 있어

거울이라니?

내가 너를 보는 데
내가 너를 담는 데
거울이 필요하다니
마치 나를 비추듯

똑바로 서서 본다
보고 또 본다

나를 보는 거울
너를 보는 거울
이처럼 무겁다

시원한 커피

겨울 길을 걷다 너무 추워
자판기에서 뜨거운 캔 커피
하나 뽑아 드는데
근처에 사는 놈일까
귀여운 노란둥이 고양이
살갑게 다가와 골골거린다
신기하고 귀여워
그놈 만지고 비비고
한참 놀아 주니
어느새 몸이 훈훈
그놈하고 헤어지고 나서야 떠올린
주머니 속 캔 커피
이미 차게 식어 있다

괜찮아
이젠 춥지 않아

해가 가장 긴 여름 동안

카메라를 들고 다녔어
땀을 흘리면서도

마치 시를 쓰는 것 같았지

시도 사진도
마주하는 것이라서
직접 바라보는 것이라서

내가 세상에게
세상이 나에게
서로의 전시장이 되어

그해 여름
가장 길어지는 그림자
세상 끝에 닿았다가
다시 내게 돌아왔지

기념사진

조심히 말 걸어야 한다
거기로 간 나에게
여기 남은 내가

시간은 기억하는 게 아니라
매번 다시 만난다

지난 사진을 보며
내가 나를 상상하는 거
내가 나를 놓고 갔다는 거
슬프고 신비해

지나가 버린 나는
내게서 가장 먼 사람

조심히 손 내밀어야 한다

오락실에서

번쩍번쩍
무수한 폭탄
후드득 날아오는 폭탄

마치
꽃잎 같았지
화려하게 날리는 꽃잎

나아갈 길은 좁고
목숨 위태로운데

더 빨리
더 많이
움직이라고

빨강 파랑 초록
꽃잎이 흩날렸어
요란하고 아름답게

살아 보라고
어디 한번 살아 보라고

나를 더 앞으로 밀었어
나를 더 위로 끌어올렸어

그래

나는 결국 살아남았어

거대한 인간

신생아실
유리 너머로 처음 보았다

신비한 나의 조카야

너는 자랄 수 있지
너는 잘할 수 있지

건강할 수 있지
똑똑할 수 있지

친구를 많이 사귈 수 있지
부모님에게 자랑스러운
선생님에게 사랑받는
학생이 될 수 있지

외롭지 않을 수 있지
아프지 않을 수 있지
어디에나 잘 어울리고

누구와도 잘 지낼 수 있지
무엇보다 자신을 더 사랑할 수 있지

뭐든 할 수 있지
나처럼 안 될 수 있지
될 수 있는 모든 가능성의

가장 거대한 인간

지금은 시치미 뚝 떼고
조그만 아기로 누워 있네

3부

다 같이라는 말

교문

열어 놓은 창문으로
새 한 마리 날아들었다

새는 자기가 지나온 문
그곳을 다시 찾지 못해

교탁과 책상 사이를
낄낄 웃는 교복 사이를

빙빙 돈다 파닥거린다
울지도 못하고

심부름

난 빵셔틀이 아냐 무얼 뺏긴 적도 없어
봐 돈도 받았어
그냥 빵 좀 대신 사 와 달라는 거
그런 부탁을 받은 거야
게다가 있잖아 남은 돈은 가져도 된대
몇백 원뿐이지만 그게 어디야
공짜가 아닌 거잖아
부끄러울 것도 화날 것도 없어
부탁 들어주고 할 수 있지
심부름도 해 주고 할 수 있지
서로서로 친구니까
그러니까 언젠가 똑같이 부탁할 날 있겠지
그 친구에게 나도
내 것도 사 와 할 수 있겠지
그날을 기다려
그날만을 기다리고 있어

가위

평소에도 가위 자주 눌렸지만
가장 당황스러운 적은
수업 시간 꾸벅거리다 눌린 가위

어떡하지? 선생님이 이쪽을 보는데
빨리 정신 차려야 하는데

턱을 괸 채로 책상 앞에 앉은 채로
단단히 굳어 버렸다

말하고 싶은데 말이 안 나오고
말하고 싶은데 말해서도 안 돼

제발 늦기 전에 누구든 나를 깨워 줘
선생님께 혼나기 전에
누구든 나를 흔들어 줘

여기서 벗어나고 싶어
여기서 깨어나고 싶어

예스 오어 노

예스라 해야 했는데 노
노라 해야 했는데 예스

번번이 잘못 말하고
번번이 후회한다

사람들은
예스로도 노로도
대답하기 힘든 질문들만
그래 놓곤 호들갑스레 몰아붙인다

빨리! 예스라고 해!
빨리! 노라고 해!

나는 우물쭈물
질문만으로 초조하고 불안해

그러다 예스 대신 노
그러다 노 대신 예스

어긋나고
틀어지고
틀리고

더 알맞은 게 있을 거 같은데
예스 아닌 예스 같은 거
노 아닌 노 같은 거

혹은 예스도 노도 전부 되는
그런 대답
그것을 찾고 싶은데

예스야? 노야?

빨리!

체육복

어제 그렇게 다짐하고도
또 까먹고 집에 두고 온 체육복

수업 전에 뛰어가 빌려 온
옆 반 친구 체육복은 너무 작아
입고 나니 쫄바지
체육 시간 애들은 나를 보고 웃고
선생님은 한숨 쉬며 절레절레

부끄럽지만 어쩌겠어
다음번엔 진짜 잊지 말아야지
하지만 다음에 또 까먹는다!

아이고 쫄바지는 안 돼
나보다 덩치 큰 친구
경근이나 석현이 같은
그들을 찾아 쉬는 시간을 뛰어다니니
체육 시간 전에 이미 땀나게 운동 중

서 있었다

그날 아침 우리는
운동장에 서 있었다
검은 차가 교문을 들어서자
몇 명이 울음을 터뜨렸다
차는 운동장을 크게 한 바퀴 돌고
다시 교문 밖으로 사라졌다
너무 짧은 인사였다

선생님들은
이제 그만 됐다고
교실로 돌아가라 했지만
우린 움직이지 않았다
차가 아주 멀어지고
울음을 다 그치고도
남아 있었다
우리는

남아 있는 것밖에 할 수 없었다

네가 아닌 사진

네가 떠나고
얼마 되지 않아
카톡의 사진이 바뀌었다

너는 이제 없고
모르는 아이 하나

가끔 나도 모르게
너의 이름을 찾다가 본다

너는 졸업을 못 했는데
카톡의 아이는 어느새 졸업식
꽃다발 한 아름 안고

너는 영원히 변하지 않는데
카톡의 아이는 금방금방 자라더라

착하고 밝았던 너
처럼

그 아이도 늘 웃고 있더라

네가 떠나고도 흐르는 시간
사람들 속에서
사람들과 함께

너보다 어른이 되는
모르는 아이 하나

너무나도 슬픈 위로

학교 가는 꿈

분명 나
졸업했거든
그런데 난 아직 학생

이상하다
숨이 막힌다
내가 또 교문을 지나고 있다

또!

또?

뭔지 모를 친구들과
뭔지 모를 선생들과

뭔지 모를 타인들

내 교실을 찾아
계단을 오르내리는데

어느 순간 계단 앞이 툭
끊겨 사라지고

다리가 후들거리다
까마득한 절벽이
나를 삼키기 직전

깬다

겨우 깨어난다
꿈이다
지독한
악몽이다

학교 가는 꿈

학교 다시 가는 꿈

다 같이라니 싫어

다 같이라는 말 싫어
다 같이라는 말 괴로워

다 같이
따라 하라는데
난 무얼 흉내 낼 눈치가 없어

다 같이
노래하라는데
난 박치에다 음치인걸

다 같이
발 맞춰 뛰라는데
난 운동장 한 바퀴만 뛰어도 쓰러져

다 같이
다 같이 선생만 보라는데
난 자꾸 딴생각이 나는걸

너는 그렇지 않니?
다 같이라는 그 말
이상하지 않아?

너와 나는 다르잖아
우리는 다 다르잖아

얼마나 더

나중에 크면 너희도 알게 될 거야
지금 어른들 말씀 다 이해하게 될 거야
그 얘기 들은 지 수십 년

나 이제 아이가 아냐
너무 어른이지
다 커 버렸는데
다 큰 것 같은데

여전히 모르겠어
지난날 떠올리면
지금도 그날인 양
화가 치밀어

나는 아직 다 안 큰 걸까?
얼마나 더 커야 되는 걸까?

얼마나 어른이어야
어른을 이해하게 되나

우등생

내 뺨을 때린 적 있어도
그 애는 언제나 선생님들 말 잘 듣는 학생

내 책을 쓰레기통에 처박아도
그 애는 전교에서 일이 등 하는 학생

빌려 간 내 샤프를 돌려주지 않아도
그 애는 모난 데 없이 친구들과 어울리는 학생

자기 청소 구역을 내게 다 떠넘겨도
그 애는 반장이 되어 담임에게 신뢰받는 학생

반 애들을 부추겨 나를 따돌려도
그 애는 전교생 앞에 나와 상을 받는 학생

내가 매일 절망해도 그 애는 좋은 학생
우리가 학생인 한 나보다 훨씬 나은 사람

4부

그러니까 전부 내 탓은 아니었다고

회차지의 시간

내릴 곳을 놓쳤다는 것을 알았어요 버스에서 딴생각하다 그런 적 많아요 그러나 지금 내가 놀란 건 창밖이 너무 익숙하다는 것 조금 전 보았던 길이 또다시 펼쳐지고 있었어요 사실 이상할 것도 아니었어요 버스는 어느새 회차지를 지나, 왔던 길로 돌아가고 있던 거예요

시간은 언제나 껑충껑충 점프했어요 나를 버리고 어느새 한 시간 어느새 하루 어느새 새벽 나는 느낄 수 없는 시간이 두려웠어요 사라진 시간이 괴로웠어요 그러나 지금 버스가 돌아가는 길을 나는 보고 있잖아요 왔던 길을 다시 되짚고 있잖아요 이미 약속도, 장소도 다 놓쳤지만 어쨌든 돌아가고 있잖아요 나는 문득

시간을 본 것 같아요 지나간 시간이 마치 실패에서 풀린 실처럼 이어지고 있어요 버스가 가는 저 거리 저 건물 나는 기억해요 멍때린 줄 알았는데 돌아보니 기억해요 익숙한 길을 지나 이제 곧 내가 내릴 곳 나는 나의 시간을 보고 있어요

다 그런 줄만 알았어

오래 걷거나 좀만 뛰고 나면
발바닥이 찢어질 듯 아팠지
내가 평발이라 그런 건데
다 그런 줄만 알았어

겨울 새벽 버스 타고 학교 갈 때
눈코입 관자놀이까지
눈물 나게 저릿했지
내가 비염이라 그런 건데
다 그런 줄만 알았어

오래 앉아 있다 점심쯤 되면
누가 똥침을 하는 것 같아
엉덩이를 작게 들썩여야 했지
내가 만성 치질이라 그런 건데
다 그런 줄만 알았어

저녁에는 배에 가스가 차
풍선을 삼킨 듯 거북했지

꾸르륵거리는 소리 들킬까 봐 더 긴장됐지
내가 유독 스트레스가 심했던 건데
다 그런 줄만 알았어

병이 병인 줄 모르고
잘못된 게 잘못된 줄 모르고
불편해도
당연하다고

다 그런 줄만 알았어

공황 1

나는 아팠는데
아파서 조퇴한 건데

집에 돌아가지 못하고
밖을 헤맸다

환한 태양을 쫓아
가슴을 쓸며
골목을 오갔다
오래오래 헤맸다

그날 나는 부모님께 야단맞았다
아픈 척 조퇴하고
밖에서 놀다 왔다고

몸이 멀쩡한 나는
환자가 아니었다

누구에게도

심지어 나에게도
마음은 보이지 않아서

공황 2

어둠보다 더 큰 어둠이
장막처럼 깔릴 뿐

길을 걷다 보면 거미줄에 걸린 듯
무언가 끈끈한 것이 달라붙을 뿐

모두 앉아 있는 교실에서
나 하나만 꿈처럼 사라질 뿐

가슴에 손을 대도
숨을 몰아쉬어도
내 심장 박동이 느껴지지 않을 뿐

그래 아프지는 않았어
아픔마저 투명해져서
잠깐 죽어 있을 뿐

공황 3

매일 토했다
먹은 것도 없어
속이 텅텅 비었는데도
자꾸 뭔가 치밀었다

아마도 그것은
내 마음이 가득해서
내 마음이 복잡해서

몸이 다 담을 수 없는
나의 마음이
터져 나왔던 것
살려 달라는
비명

대신 나는 토했다

자각몽

꿈을 꾸고 있다
꿈에서나마
나는 날아오른다

위로
사람들 위로
건물들 위로
하늘 가까이로

꿈인 줄 알기에
마음껏 높이
날고 싶다
그러나

몸이 다시
가라앉는다

꿈에서도 두렵다
내가 내 몸보다

내가 나 이상으로
높아진다는 게

현실처럼
무서워
무거워

나의 꿈도
중력을 벗어날 줄 모른다

이어폰

사람들 사이에서
사람들 말 듣지 못해

사람들 사이에서
사람들 눈 보지 못해

나는 이어폰을 끼고
먼저 투명해진다

말을 끊고
눈길도 끊고

아무도 없다
다가오는 사람 없다

이어폰을 끼고 있어서 그래
내가 직접 그렇게 한 거야

지금

여기에서

내가 나를
사라지게 했어

텅 빈 음악

가사 없는 음악을 듣다 보면
세상은 가득 차고

텅 빈다

가사 없는 음악은
나를 어디로도 데려가지 않는다

나를 홀로 남기고
나의 여기를 알려 준다

가사 없는 음악을 듣다 보면
음악은 없고 나만 남는다

가사 없는 음악은
음악으로 시작해 음악 아님으로 끝난다

우리가 늘 이어지는 것은 아니다
나는 나로 충만한 음악을 듣고 있다

가사 없는 음악을 듣다 보면
세상은 텅 비고

가득 찬다

학교를 안 갔어

책가방을 멨다가 결국 내려놓고
학교에 안 가기로 한다
학교를 쉬기로 한다

하루 종일 두근거리고 두렵다가도
결국은 그냥 똑같은 하루

비가 와도 눈이 와도 가는 게 학교라고
그렇게 여겨 왔는데 아무 일도 없다

나 하나 안 간다고 하루 정도 안 간다고
달라지는 것 없어 달라지는 게 없는데
왜 큰일 날 줄만 알았지
모두 왜 큰일 날 듯 그러는 거지

학교가 뭐라고
가도 안 가도 거기 매여 있지

알약

일어나서 한 알
하루의 시작을 느낀다 힘이 나게

자기 전에 한 알
하루치를 돌아본다 오늘도 잘 버텼어

나는 게으르고
미루고 까먹지만

알약은 부지런하구나
알약은 체계적이고
알약은 좋은 습관을 가졌다

나는 자주 멍하지만
알약은
늘 깨어 있다

눈 아닌 눈

많이 힘들었던 한 해의 끝을
아버지가 일하던 고한에서 보냈다
일종의 요양이랄까

추위 심하던 강원도
도시에서 못 보던 눈 자주 보았다

하지만 거기 눈은
나의 눈이 되어 주진 않았다
너무 추워서일까
눈을 뭉쳐 던지면 바로 가루가 되어 사라지고
눈을 굴려도 한 바퀴도 못 돌고 바스러졌다

그곳의 눈은 사막의 모래 같아
어린 나는 금세 눈에 관한 놀이를 포기하고

바라만 봤다
무기력했다 무기력해서
아름다웠다

공황의 끝자락처럼

그해 겨울이 흩날리고 있었다

.

완전체

동네 병원 뒤에 서울 큰 병원
주사 맞고 피 뽑고 이것저것 찍고
용하다는 한의원도 전전
약 지어 먹고 침 맞고 뜸도 뜨고

할머니가 아는 무당에게 굿을 받고
어머니는 절에 가서 삼천 배
나는 밤마다 믿지도 않는 하느님
예수님 저를 구해 주세요

그중 나를 낫게 한 것은 무엇일까?
겪은 게 너무 많아서
원인 모를 병증만큼이나
치유의 이유도 모르겠다

다만 이 모든 것들 이후에 남은 나
그게 바로 나라는 거

동서양의 의학과 종교와 무속 신앙까지

그 모든 게 깃든 나
그 모든 게 살린 나

부분적으로

전부는 아니고요
부분적으로

그래요 나
부분적으로
그들을 이해해요

자주 아파 수업 따라가기도 버거웠는데
성적 떨어진 것에 화를 내던 엄마
사실 내가 걱정돼서 그런 거였죠

지방으로 외국으로
찾아도 곁에 없었던 아빠
가족 위해 멀리서 고생하셨다는 거 알아요

몸이 아니라 마음이 약한 거라며
나를 한심하게 보던 선생님
그래도 내 빈번한 조퇴를 다 허락해 주셨죠

나를 놀리고 괴롭히던 아이도 있지만
어려운 순간 손잡아 준 아이도 있어요

나를 힘들게 했던 나날의 학교
분명 좋은 추억도 많았어요

전부는 아니에요 부분적으로
나는 그들이 밉고 부분적으로
용서할 수 없어요

그래요 나의 잘못도 인정해요
나약하고 너무 아는 게 없었죠
이제는 그것도
부분적으로 이해하려고요
그러니까 전부 내 탓은 아니었다고

참 어렸던 나
부분적으로나마
용서하려 해요 용서하고 싶어요

열다섯 살에게

그날로 가 볼 수 있다면

복잡한 골목을 성큼성큼 걸어갈 것이다

아침 햇살을 온몸으로 밀며

학교 교문을 당당하게 넘어

늘 어둡던 복도를 빠르게 지나갈 것이다

학교를 떠도는 사람들 사람들

다 무시하고

오직 너를 찾을 것이다

거기 말간 얼굴로 앉아 있는 너

어디에 눈을 둘 줄 모르는

누구도 바라보지 못하는

너를 발견할 것이다

어디도 닿지 않았던 그 눈빛

거기에 눈 맞춰 줄 것이다

괜찮다고

괜찮다고 말해 줄 것이다

그러니까

괜찮다고

괜찮다고

너도 말해 주겠니

아직 세상이 완전하지 않기에

내겐 꿈이 많았다. 하고 싶은 게 많았다기보다, 그만큼 뭘 해야 할지 헷갈렸던 것이다. 어른들이 장래 희망을 물으면 어떤 날은 화가나 만화가, 어떤 날은 소설가, 어떤 날은 서점 주인이 되고 싶다고 대충 대답했다. 그러나 마음속에 진짜 꿈이 하나 있긴 했다. 왠지 부끄러워 누구에게도 말하지 않았지만, 나는 '단순노동'을 하며 살고 싶었다.

셜록 홈즈 시리즈의 「빨간 머리 연맹」에는, 하루 네 시간 백과사전을 베껴 쓰는 일을 하는 빨간 머리 남자가 나온다. 어떤 능력이나 기교도 필요 없이 사전의 글자를 그대로 따라 쓰면 돈을 받는 것이었다. 목적을 알 수 없는 이 직업에 홈즈는 범상치 않은 사건의 냄새를 맡는다. 그러나 나는 책 속의 흥미진진한 내용보다 그 '일'이 머릿속에 오래 남았다. 아, 나도 저런 일 하며 살고 싶다!

어릴 적부터 나는 무언가를 따지고 분석하는 게 힘들었고, 어떤 일을 끝내고 다른 일로 옮겨 갈 때마다 늘 적응하지 못했다. 단순한 일을 하고 싶었던 것도 아마 그 때문일 것이다. 그러나 훗날 성인이 된 후 나는 내가 ADHD라는 걸 알게 되었다. 정말 단순노동을 했더라도 그 역시 쉽지 않았을 것이다. 간단하고 쉬운 일마저 틀리고 실수하는 것이 ADHD의 일반적인 모습이다. 물론 나도 만날 그랬다.

그런데 그렇다면, 단순한 일이란 무엇이고, 쉬운 일이란 무엇일까?

학생이라면 응당 학교에 가서 아침부터 오후까지 적당량의 수업을 듣고, 적당량의 숙제를 받고, 적당량의 문제를 풀며 적당량의 내용을 암기해야 한다. 적당량의 대인관계역시 필요하다. 이때 '적당량'은 청소년이라면 누구나 가능한 최소한의 양이다. 그래서 그 정도도 안 하면, 불량하거나게으른 학생이 되어 벌이나 벌점을 받게 된다.

그러나 나에겐 그 적당량이 절대 적당하지 않았다. 아무리 해도 다 못 할 양이자, 학교생활 내내 쌓여만 가는 큰 짐이었다. 분명 일주일은 더 걸리는 일인데 하루 만에 해야 했다. 열 개 외우는 것도 무리인데 백 개를 외워야 했다. 솔직히 그 모든 게 세상의 억지 같았다.

적응이 안 되었던 나는 칠판을 보는 척하며 공상하거나, 공부하는 척하며 낙서를 했다. 떠오르는 아무 단어, 의미 없는 문장으로 연습장을 채웠다. 시간을 때우기 위해 버릇처럼 반복한 일들이지만, 그때의 시간이 나를 시 쓰는 사람으로 만들었는지 모르겠다.

단순노동을 꿈꾸던 내가 찾는 것들, 그러니까 그나마 내가 해낼 수 있는 것들은 안타깝게도 학교엔 없었다. 나는 학교 안에 있어도 사실상 학교 밖을 떠돌았다. 의외로 그것이 나를 긍정하는 힘이 되어 주었다. 학교라는 세상이 가진 한계를, 거기 소속되지 못한 나 자신이 증명하는 셈이었다. 부족한 쪽은 내가 아니라, 나를 품지 못한 학교였다.

물론 이젠 학교도 많이 변했다는 것을 안다. ADHD 학생에 대한 인식이나 관심이 최근 들어 부쩍 달라진 것도 느낀다. 그렇게 되기까지 분명, 학교를 지켜 온 많은 선생님과 어른들의 노력이 있었을 테다.

그러나 반대로 보면 그만큼 최근까지, 힘들어한 학생이 많았다는 것이기도 하다. 긴 세월 학교를 겉돌다 갔을 무수한 학생들을 생각하면 숨이 막힌다. 학교는 학생이 겪는 세상 전부인데, 그들은 그 세상에 보호받지 못하고 오히려 맞서야 했다.

사람은 자신의 생활이 불편하지 않다면, 세상을 의심하지 않는다. 지금 세상이 올바른 법과 도덕적 규칙으로 완벽하게 움직인다고 믿는다. 그러나 그게 거짓이라고, 자신의 존재를 걸고 말하는 이들이 있다. 장애인들이 그렇고, 소수자들이 그렇고, 차별과 혐오를 겪는 사람들이 그렇다. 모두에게 편하다고 생각한 것이 이들에겐 모두 불편하다. 그리고 누군가의 불편이 남아 있는 한, 세상은 완전하지 않다.

아무리 노력해도 수업조차 따라가기 힘든 학생들, 발버둥 쳐도 자꾸 밖으로 밀려나는 학생들, 학교 자체가 고통인 학생들, 이런 ADHD 학생들에게 관심을 가져야 하는 것도 그 때문이다. 학생들의 불편이 지금 우리에게 말하고 있다. 학교가 아직 완전하지 않다고. 계속 변해야 한다고.

나의 꿈은 단순노동이었다.

ADHD가 있든 어떻든, 누구에게나 딱 맞게 적당량이 주어지는 그런 일을 원했다. 아무도 불편하지 않은 세상을 희망했다.

소설에나 나올 법한, 말 그대로 꿈같은 얘기라고? 그래, 맞다. 그러나 완전한 세상에 대한 꿈은 역설적으로 지금이 불완전하다는 걸 실감하게 한다. 여기가 아닌 저기를 바라보게 한다. 우리를 움직인다.

꿈으로 향하기 위해 나는 꿈을 꾼다.

하여, 나의 꿈은 여전히 단순노동이다.

독서활동지

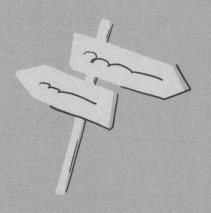

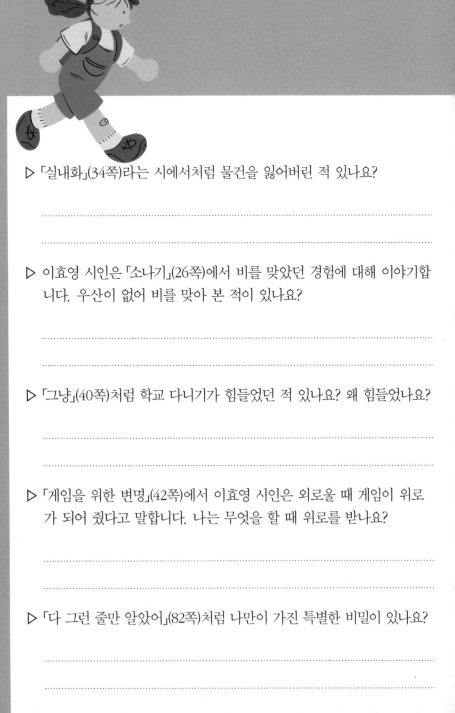

▷ 「실내화」(34쪽)라는 시에서처럼 물건을 잃어버린 적 있나요?

....

....

▷ 이효영 시인은 「소나기」(26쪽)에서 비를 맞았던 경험에 대해 이야기합니다. 우산이 없어 비를 맞아 본 적이 있나요?

....

....

▷ 「그냥」(40쪽)처럼 학교 다니기가 힘들었던 적 있나요? 왜 힘들었나요?

....

....

▷ 「게임을 위한 변명」(42쪽)에서 이효영 시인은 외로울 때 게임이 위로가 되어 줬다고 말합니다. 나는 무엇을 할 때 위로를 받나요?

....

....

▷ 「다 그런 줄만 알았어」(82쪽)처럼 나만이 가진 특별한 비밀이 있나요?

....

....

▷ 이 책에서 인상적인 시구절을 넣어 그림(또는 만화)으로 표현해 볼까요.

▷ 「부분적으로」(100쪽)에서 시인은 이제 엄마, 아빠, 선생님, 친구 들을 부분적으로 이해하게 되었다고 말합니다. 예전에는 미웠지만 지금은 이해할 수 있게 된 사람이 있나요?

▷ 「열다섯 살에게」(102쪽)처럼 과거의 나를 만난다면 해 주고 싶은 말이 있나요?

나는 산책 중에도 길을 잃어요
2024년 6월 10일 1판 1쇄 펴냄

지은이   이효영
펴낸이   김성규
편집   김안녕 조혜주 한도연
디자인   신혜연
펴낸곳   쉬는시간
주소   서울 마포구 동교로 17길 65, 501호
전화   02 323 2604
팩스   02 323 2603
등록   2019년 9월 3일 제2022-000287호

ISBN 979-11-984300-5-2 44810
ISBN 979-11-984300-0-7 (세트)